岁月之痕

谈怡中 ◎ 著

安徽师范大学出版社

芜湖

责任编辑:吴 琼
装帧设计:丁奕奕
责任印制:郭行洲
封面题字:杨逸明

图书在版编目(CIP)数据

岁月之痕 / 谈怡中著. —芜湖 : 安徽师范大学出版社,2015.7(2024.6重印)
ISBN 978-7-5676-2059-9

Ⅰ. ①岁… Ⅱ. ①谈… Ⅲ. ①诗集–中国–当代Ⅳ. ①I227

中国版本图书馆 CIP 数据核字(2015)第 151950 号

岁月之痕

谈怡中 著

出版发行:安徽师范大学出版社
　　　　　芜湖市九华南路 189 号安徽师范大学花津校区　邮政编码:241002
网　　址:http://www.ahnupress.com/
发 行 部:0553-3883578　5910327　5910310(传真) E-mail:asdcbsfxb@126.com
印　　刷:阳谷毕升印务有限公司
版　　次:2015 年 7 月第 1 版
印　　次:2024 年 6 月第 2 次印刷
规　　格:700 mm×1000 mm　1/16
印　　张:11
字　　数:123 千
书　　号:ISBN 978-7-5676-2059-9
定　　价:45.00 元

已逝光陰何處存翻前一卷

可重溫畫圖黑白詩平

友都是人生歲月痕

諸怡中詩友藏月之痕出版題一絕敬賀　甲午老樊延明

歲月之痕刻入

詩滙編為史可

明知風光抱柳

初回暖新綠怕

寒殘雪遲

題歲月之痕乙未年談怡中幷書

人生最忆是儿时

——《岁月之痕》代序

　　谈怡中先生是安徽南陵诗人，所著诗集《晓色云开》已由中国文史出版社出版，今又出版配画绝句诗集《岁月之痕》，该作别具一格，饶有情味。谈先生嘱我为序，因述几点感受，与作者和广大读者交流。

　　首先，记录了童年生活。人生最忆是儿时，童年天真烂漫，坦荡自然，每多梦想，让人留恋。即使生活清苦，隔着岁月的烟尘回望过去，也让人感到温馨。人过中年容易怀旧，稍有闲暇，梳理童年生活的面影，也是情理之中的事。与人不同的是，作者以诗的形式记录童年、少年生活的点点滴滴，勾勒自己的人生历程，高雅而有情趣。同龄人，特别是农村出身的同龄人，读来倍感熟悉、亲切。我比谈先生小十多岁，也有着类似的乡村生活体验，所以读《岁月之痕》，颇能唤起我的童年记忆，诸如砍柴、放牛、喂鸭、割草、耙柴、插秧、割稻、车水、听说书、捕鸟雀、吃青菜粥、看连环画、自带板凳看电影等，当然还有大家都经历的上学、读书；有些则是我童年没有经历过的，如读《三字经》、背"老三篇"、停课、爬团山等，读来也有所感触。这些经历刻画在谈先生人生初期的脑海里，融入其生命的血脉之中，影响着他的人格、思想和处世态度，故而念念不忘。如《盼望》："独轮车驾卖肥猪，望买算盘还买书。一顶罗帷三尺布，油盐十两已无余。"因为家庭贫困，一头肥猪卖了，买了日常生活必需品已所剩无几，小孩子想买上学用的算盘和课外书都成了奢望，失望、无奈之情见于言外。有这样经历的人，大抵深知生活艰难、读书不易，因而能做到勤俭节约、珍惜时光，对生命持一种虔敬的态度。

　　其次，描绘了乡村画卷。《岁月之痕》所书写的，主要是作者自童年到高中毕业的一段时光,背景即是作者的家乡皖南谈家村一带。乡村的自然风光、农民的生存状貌和民俗风情自然地融入字里行间。因此,翻开作品如同展开一幅乡村画卷,比如拖拉机犁地的场景,插秧、割稻的情形,运河泥、散河泥的艰辛,砍竹、破篾、编箩筐的过程等。这幅画卷不是浓墨重彩的油画,而是清新淡雅的水墨画或素描,纯朴而有真味。如开篇《谈家村》:"竹林风发呼山雀,檀树擎天云抱怀。一束朝阳催梦醒,锹提水缕稻花开。"就是一幅立体明媚的乡村风景画。《请师傅》:"蝉声催退绿迎黄,包产三分防断粮。平整门前方块地,登门敬请编箩筐。"就是20世纪60年代初乡村生活的真实写照。《听大鼓书》:"大鼓声声闻百里,肩扛板凳坐场中。惊堂木拍抬头望,将出杨门女挂弓。"此系乡村说书风俗,在精神贫困年代,它是老百姓喜闻乐见的文化娱乐方式。

再次,刻下了历史痕迹。《岁月之痕》所刻画的是20世纪60年代至70年代的历史痕迹,这是一段特殊的岁月,曲折而艰难,充满着国家民族的热烈期望和痛苦记忆。一个人无法脱离于他的时代,相反,他深受时代的影响、激励或制约,从而打上那个时代的印记。《岁月之痕》写的是儿童生活和儿童的观感,虽然是一些细节场景,却与时代潮流息息相关。他通过儿童眼光看社会,但背后则是成年的作者,他的情感态度隐藏在诗句里,有时也自然而然地流露出来。他一边在回忆,一边在反思,他记录那一段历史,也评价那一段历史,管中窥豹,以小见大。作者通过一定的人物、事件向历史深处拓展,如从回忆姑父写到皖南事变,由看电影写到红军长征以及解放前的一些少年英雄,由读启蒙读物和史书连接数千年的历史和华夏文明。因此,《岁月之痕》有悠久的历史感和丰厚的文化内涵。

最后,诗配图画,相得益彰。为画题诗,因诗作画,皆古已有之,而为诗集配画的则不多见。1950年,上海《亦报》刊载周作人(当时署名东郭生)的《儿童杂事诗》,丰子恺为之配插图,后来钟叔河为之笺释,一版再版,影响颇大。《岁月之痕》请美术教师李成杰先生配插图,亦佳妙。观插图,可知成杰先生也熟悉那段历史,熟悉农村生活,准确地把握了诗意诗境,笔墨简练传神,实属难得。朱光潜说:"诗与画因媒介不同,一宜于叙述动作,一宜于描写静物。"(《诗论》)诗善写过程,画定格瞬间;诗诉诸想象,画诉诸直观。两者结合,相得益彰。因此,《岁月之痕》雅俗共赏,尤其适合少年儿童阅读、欣赏。

在写法上,《岁月之痕》多以赋的笔法,勾画场景,描述过程,敷陈人事,是适宜的。偶有比兴之笔,如《停学(一)》:"暖春时节天飞雪,压断园林枝上芽。散落泥泞埋入土,莺歌声里觅无花。"因特殊年代,学校停课,学生停学,诗没有直接写停课停学之事,只以诗题点明,内容上以暖春飞雪的倒春寒作喻,含蓄有味。又,作者善于抓住细节,形象可感。如"常遇茫然龟弄石,翻看甲骨刻谁书"(《砍柴》);"头伸灶底帮吹火,一缕烟喷变黑猫"(《烧大灶(二)》);"幕下行行排列坐,迟来一树站高端"(《看电影(二)》)……均给人留下深刻印象。

安徽师范大学文学院　张应中
2015 年 3 月 12 日于芜湖

目　　　　录

1

目

录

岁月之痕

第二部　废　学

目

录

岁月之痕

目

录

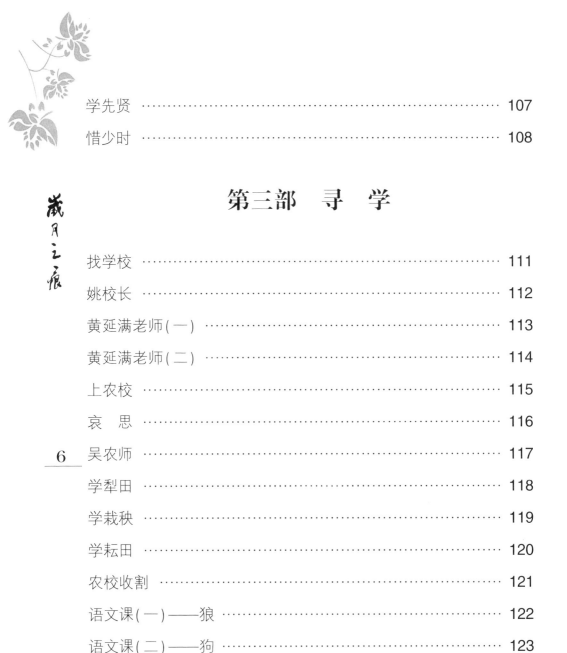

第三部　寻　学

7

目

录

第一部

从　学

谈家村

竹林风发呼山雀,檀树擎天云抱怀。

一束朝阳催梦醒,锹提水缕稻花开。

第一部 从学

【注】:"檀树"指家乡竹林中直径一米的大树。

大　塘

一鉴天开云底过,柳边几只鸭追蛙。

红鱼鳍展比飞雁,岸立两三垂钓娃。

【注】:"红鱼鳍展比飞雁"比喻水中的鱼、天上的雁相映成
　　一体,竞相追逐。

上　学

近无从学远师求,半担稻粮荒岁收。

缝只书包装个愿,笔提能写大神州。

第一部　从学

【注】:1964 年春,村里的孩子已经到了入学的年龄,有的
　　　甚至超过了入学年龄,家长非常着急,经人介绍江苏
　　　宜兴陈广顺先生来茨山庵办学。

读《三字经》

初生如纸谁图画, 三字经书先入门。

蒙昧导开拥灿烂, 可知天下是非分。

《三字经》作者——王应麟

【注】: 我读的《三字经》是课外读物。它既是我国古代的
儿童识字课本, 也是中国传统的儿童启蒙读物。在
传统教育中, 小孩子们都是通过背诵《三字经》来识
字知理。

读《百家姓》

谈宋茅庞姓百家,渊源追溯一棵丫。

根连不问枝高远,翠覆神州气自华。

白姓图腾

第一部　从学

【注】:《百家姓》采用四言体例,每逢偶句押韵。它的内容
　　没有实际含义,但读来顺口,易学好记,与《三字经》
　　《千字文》都是中国古代蒙学中的固定教材。该书
　　颇具实用性,熟悉它,于古于今都是有裨益的。

读《千字文》

字取義之书法中，言辞平白韵排成。

云腾致雨因风冷，暑往寒来知岁更。

蒙学之祖——周兴嗣

【注】：《千字文》为南朝周兴嗣所撰，他在王羲之书写的碑文中拓下不重复的一千个字，将其撰写为对仗工整的韵文。《千字文》语句平白如话，易诵易记，知识丰富，是中国影响很大的儿童启蒙读物。

读《千家诗》

诗编唐宋一千家,万木如逢春发花。

香锁窗前无意寝,吟声浩荡九云遏。

9

第一部 从学

【注】:《千家诗》是我国旧时带有启蒙性质的格律诗选本,它所选的诗歌大多是唐宋时期的名家名篇,易学好懂,题材多样。《千家诗》较为广泛地反映了唐宋时期的社会现实,所以在民间流传广泛,影响极其深远,当时学校也要求熟记其中较为易懂的诗。

读《弟子规》

弟子言行莫忘规,引申论语古今推。

认真听教躬临事,习性初成大有为。

【注】:《弟子规》原名《训蒙文》,为清康熙年间秀才李毓秀所作,详细叙述了弟子在家、出外、待人、接物与学习上应该恪守的规范。它是一部广为流传的儿童启蒙读物,目的就是要对孩子进行启蒙教育,为其将来成长和发展奠定基础。

儿童节

花开六月满园香,鼓号齐鸣歌激扬。

胸挂领巾初立誓,每天向上月沉窗。

第一部 从学

【注】:1965年,我作为茨山小学学生第一次参加家发小学
"六一"儿童节庆祝活动,并光荣加入少年先锋队。

早　读

霜凝寒气翻窗入,移坐晨阳各一端。

哈手频翻生字问,每篇牢记梦编笺。

【注】:三九天时,教室非常寒冷,陈广顺老师把学生领到有
　　　阳光的地方读书。

晚习

日沉山后已提笔,月下西窗书不收。

蚊绕膝前烟灌鼻,真知谁不苦中求。

第一部 从学

【注】:"烟灌鼻"是因为没有电灯,我晚上在煤油灯的微弱
　　　亮光下写字,鼻腔里灌满了黑烟。

冬 雨

钟鸣学校声催急,油伞撑天风卷衣。

不怕脚崴穿木屐,地球踩破扑身泥。

【注】:"木屐",简称屐,是一种两齿木底鞋,走起路来吱吱
　　　作响,适合在雨天路滑泥泞时行走,适合成年人穿,
　　　小孩穿容易崴脚。因为没有胶鞋,只好穿木屐上学。

14

救落水儿童（一）

戴公山口啃骄阳，绿树丛中撒碎光。

放学归来林里坐，雷锋故事感儿郎。

第一部 从学

【注】：雷锋的光辉形象对我的童年影响很大，儿时最爱看
描写他故事的连环画，如《雷锋的少年时代》《雷锋
的故事》。

救落水儿童(二)

苟家塘漾蓬门影,埂畔风吹不见凉。

光裸儿童偷戏水,浣纱跳下唤亲娘。

岁月之痕

【注】:1967年夏,放晚学归来,偶遇儿童陈福昌落入苟家大塘,一双小手拼命击水,即将沉入水底。

救落水儿童(三)

林间志趣正横生,侧耳惊闻击水声。

举目塘中魂魄散,图书拍岸一身倾。

第一部 从学

【注】:"一身倾"指站在洗衣用的木板上弯腰救起落水儿童。如需下水,会呼唤大人来救。

望 盼

独轮车驾卖肥猪,望买算盘还买书。

一顶罗帷三尺布,油盐十两已无余。

【注】:"望买算盘还买书"是读书孩子最简单的要求,但成了农村孩子的奢望。

姑父在云岭（一）

烽烟四起山河碎,怒火胸燃下皖南。

云岭横刀光泻月,雄威战地鬼心寒。

第一部 从学

【注】:姑父华永禄是湖北鄂州人,怀着"国家兴亡,匹夫有
　　责"的信念,加入新四军,参加抗日战争。

姑父在云岭(二)

江南一叶惊千古,同室操戈动九天。

合抱顶塘藏地窖,枪临门下问哪山。

【注】:1941 年 1 月,蒋介石发动皖南事变,围歼新四军。"江南一叶"指周恩来为《新华日报》所题的"千古奇冤,江南一叶;同室操戈,相煎何急?!"。

姑父在云岭(三)

红旗跃过大江南,岭上号吹时境迁。

云散深山人尚在,顶塘谁不把杯端。

第一部 从学

【注】:姑父华永禄是新四军老战士,皖南事变时被泾县顶
　　塘乡亲藏在地窖里而幸存。

姑父情

曾经战火石烧红，血洒只因为子童。

今读文章无笔墨，大开门店进姑翁。

【注】:60年代前上小学，缺少笔和本，姑父知道后，带我到
马山门市部买了笔和一本蓝色胶面笔记本，里面还
有雷锋插图。这本笔记本一直被我珍藏至今。

姑 母

雪飘寒夜烛摇红，缝补窗前听晓钟。

牵盖一床儿女被，当心侄睡受凉风。

第一部 从学

【注】："烛摇红"指姑母整日为子女忙碌，每晚还要在烛光
下缝缝补补到半夜。

桂花树

根似蟠龙翻覆地,千层开放绿无期。

蝉鸣枝下问谁种,斧举蟾宫屑落时。

岁月之痕

【注】:姑母家门前有棵大桂树,儿时与表兄妹华友、小妹、
小平在树下折叶吹喇叭。

"斧举蟾宫"指神话中人物吴刚,学仙有过,被罚到
月宫里砍桂树。树高五百丈,斧头砍完刚举起,屑落
的地方立即长好了。

请师傅

蝉声催退绿迎黄,包产三分防断粮。

平整门前方块地,登门敬请编箩筐。

第一部 从学

【注】:60年代初期,为了解决饥荒,按人口每人可分得一
分田自种自收。我家分得七分田,父亲非常高兴,精
耕细作,禾苗长势喜人。为了做好早稻收割准备,便
请来了竹匠师傅张炎亮编织稻箩和畚箕。

砍　竹

疏阴碎地翠浮天,风向参差欲比贤。

刀对青黄曾入画,愿从画出作箩编。

【注】:"入画"指竹象征"君子之道",常与松、梅组成"岁寒
　　三友"图案。

破　篾

竹逢巧匠体分匀,编缀秋华编缀春。

大器能成空与节,少儿守望欲求真。

第一部　从学

【注】:"大器能成空与节"是我的思考,一棵空心竹也能变成人类有用的工具,我们孩子怎样长大,才能成为对社会有用的人呢?

运河泥

一辆平车两背绳,河泥拖运进南陵。

儿披星月父披汗,犬吠蓬门踩响冰。

岁月之痕

【注】:1965 年冬,南陵县委派木材公司陆经理进驻谈冲生
产队指导学习和生产,并带来一活胎和一死胎两辆
平板车。生产队劳动力抓阄到县桥河拖河泥,九岁
的我成了父亲的小帮手。

散河泥

高田瘠土不生粮,野出蓬蒿比稻长。

锹切河泥抛瘦土,春芽催壮夏收香。

第一部 从学

【注】:瘦田最容易生的"蓬蒿"其实是野荸荠。每当犁田时,鸭子跟在犁后面吃野荸荠。

砍　柴

林间持斧小樵夫,山雀惊飞疑砍梧。

常遇茫然龟弄石,翻看甲骨刻谁书。

【注】:"甲骨"是指中国最早的文字书写载体。

捕野鸽

乾坤不夜照窗寒,屋挂冰凌接两端。

难忍腹饥林后望,绳藏谷下设机关。

第一部 从学

【注】:"设机关"是农村常见的一种捕鸟方法。雪深日久,
鸟类很难觅食,我与小伙伴们使用一个一尺长的木
棍系着绳子撑着竹罩,罩中洒些稻谷。等到野鸽等
鸟类进入吃得正欢时,一拉绳子,它们便都被罩在里
面了,与鲁迅书中闰土捕鸟的方法一样。

听大鼓书

大鼓声声闻百里,肩扛板凳坐场中。

惊堂木拍抬头望,将出杨门女挂弓。

【注】:"惊堂木"也叫醒木,古时县官举起拍在桌上,起到
震慑犯人或让堂下人安静的作用。说书人是用来提
醒听书人,故事说到关键处了。

看电影(一)

斜阳西下上山坡,东望茶林北叫哥。

风卷红旗传信息,春泥快洗踏茅禾。

第一部 从学

【注】:解放军驻扎在茶林村,每当傍晚放电影时,解放军就
　　　在后山头插上红旗,告知老百姓。

看电影(二)

稻花香满路千盘,萤火飞来沟探看。

幕下行行排列坐,迟来一树站高端。

岁月之痕

【注】:"萤火飞来沟探看"是指晚上要走五六里路,全是一
  尺余宽的田埂,没有月亮也没有手电等来照明,只能
  借着萤火虫的光来探路。

34

看电影(三)

飞光一束落荧屏,触目山河溅血腥。

忽见小兵磨剑出,高呼救国令儿听。

第一部 从学

【注】:"小兵"指电影《小兵张嘎》。

红军草鞋

碾草编鞋磨破足,穿行不怕万程颠。

三山怪立嶙峋石,一脚蹬飞海那边。

【注】:"三山"指帝国主义、封建主义、官僚资本主义三座大山。

翻雪山

絮飞千里回风舞,意有三山断路通。

不怕衣单冰架步,踩崩万岭敛云空。

第一部 从学

【注】:"翻雪山"指 1935 年 6 月红军自宝兴县硗碛村出
　　发,翻越长征以来的第一座雪山夹金山。

过草地

千里茫茫原草地,沉浮一面脚边难。

饥寒火煮腰皮带,未饱军行已过滩。

【注】:"过草地"指1935年8月,红军开始过草地。行军队
　　列分左右两路,平行前进。右路军由毛泽东、周恩
　　来、徐向前等率领,自四川毛儿盖出发,进入草地。

飞夺泸定桥

凌空铁索横河架,水拍寒云落嘎山。

弹雨林中兵似箭,九弦一拨出西关。

第一部 从学

【注】:"飞夺泸定桥"指 1935 年 5 月,中央红军第 2 连冒着
    敌人的枪林弹雨夺下泸定桥桥头,并与左岸部队合
    围占领了泸定桥。

王二小

来源英勇放牛郎,敢把豺狼装布囊。

血溅山坡淋劲草,悲歌一曲永流长。

岁月之痕

【注】:"王二小"是家喻户晓的中国少年抗日英雄。为了保护乡亲,他把敌人带进八路军的埋伏圈,后被日本侵略者残忍地杀害了,牺牲时年仅13岁。1989年1月,抗日小英雄王二小牺牲46年后被追认为烈士。

小兵张嘎

白洋淀上月光寒,难忘烽烟焦苇滩。

正是挂书扛鼎笔,却提刀剑跨征鞍。

第一部 从学

【注】:"张嘎"是《小兵张嘎》的作者徐光耀在小说中塑造的抗日少年英雄形象。

海　娃

右执红缨左执鞭,白云深处探狼烟。

曾经暗送鸡毛信,故事中听多少年。

【注】:电影《鸡毛信》中小主角"海娃"的原型叫秦玉根,
1928 年出生于山西省原平县,1947 年成为西北野战
军第三纵队侦察员,参加过解放战争、新疆剿匪以及
抗美援朝战争,先后荣立七次战功,是闻名全军的侦
察捕俘英雄。

小英雄雨来

芦花枝放白茫茫,散入风中落好乡。

不忘此生知水崑,周旋日寇有思量。

第一部 从学

【注】:"雨来"是作家管桦(鲍桦普)创作的文章中塑造的
　　　抗日小英雄,是抗日战争年代里冀东少年儿童抗日
　　　形象的一个缩影。

勿忘国耻

狮醒卢沟临海寇,炮横晓月对家乡。

中华儿女知亡恨,笔筑长城固万方。

【注】:图中所示的下跪之人是日本二战老兵,战后来到卢
沟桥,回想当年战争给中国人民带来的灾难,忏悔
不已。

蛇伤(一)

电影歌收灯火稀,余音在耳上埂堤。

忽然觉有冰凉刺,左脚边淋血带泥。

第一部 从学

【注】:1965 年夏,我从茶林大队看电影回家,在路上被土蛇咬伤,离城又远,危在旦夕。母亲彻夜未眠,不断地从伤口吮毒,寻找土方治疗。

蛇伤(二)

村晚远离城外楼,儿伤母痛泪奔流。

谁抛骨肉生离别,口吮淤污命换留。

46

【注】:"口吮淤污命换留"是指被土地蛇咬伤,母亲为我吸
出毒血,我才得以度过这次危险。

爬团山（一）

雪白团山竹影低，旗开远路袖红披。

少年不怕风寒面，革命情生火热提。

第一部 从学

【注】：1966年冬，我臂戴红小兵袖章，在一个冰天雪地的
　　　日子里，学红军，爬团山，经过麻桥、石峰、九甲等地。

爬团山(二)

脚踩冰山行路难,饥寒交迫心底闲。

红旗何惧西风烈,北望长江尽笑颜。

48

【注】:"北望长江尽笑颜"指当时望到了长江,就好像望到
了北京,是我们年少时美好欢快的记忆。

第二部
廃 学

停学(一)

暖春时节天飞雪,压断园林枝上芽。

散落泥泞埋入土,莺歌声里觅无花。

第二部 废学

【注】:1967年春,我所读茨山小学的复式班没有老师上课,因此停学。

停学(二)

日上梢头空负书,门前痴立老师呼。

谁来执教三冬学,不让才成鄙陋夫。

岁月之痕

【注】:"鄙陋夫"指庸俗浅薄、学识鄙陋的人。

停学（三）

学问皆成少壮功，谁能耽误适时童。

人文之道长行道，教学为先已待兴。

第二部 废学

【注】:"人文之道"是庄子的哲思，体现出深沉的人文关
怀。"教学为先"出自《学记》中"玉不琢，不成器;人
不学，不知道。是故古之王者，建国君民，教学为
先"一句。

岁月之痕

曲　解

唐宋诗词吟异端，东风无力百花残。

怒生不让西风在，南北风停独占山。

【注】："东风无力百花残"出自李商隐《无题》一诗。

陈广顺老师(一)

痛失讲坛奔市场,暗从商贾弃文章。

火柴一打藏兜里,自秽难容儿岁荒。

第二部 废学

【注】:茨山小学停学以后,陈广顺老师为了生计,走南闯北
做点卖火柴的小生意。

陈广顺老师(二)

手牵妻小一肩挑,千里思归傍石桥。

拾级乡亲频拭泪,谁嫌寥落自家娇。

岁月之痕

【注】:"千里思归傍石桥"指陈广顺老师最后还是回到江
苏宜兴老家务农。

南 瓜

南瓜一坎数花开,跃进村庄下访来。

笑问藤攀谁挂果,指天说是鸟衔栽。

第二部 废学

【注】:"指天说是鸟衔栽"是指农户家没有地栽瓜果,房前
　　屋后偶尔栽了两棵结了瓜果,就说是鸟衔的种子丢
　　在这儿的。

宝书台

挖泥和水做方坯,茅屋堂雕忠字台。

塑像一尊书四册,灯前翻读眼心开。

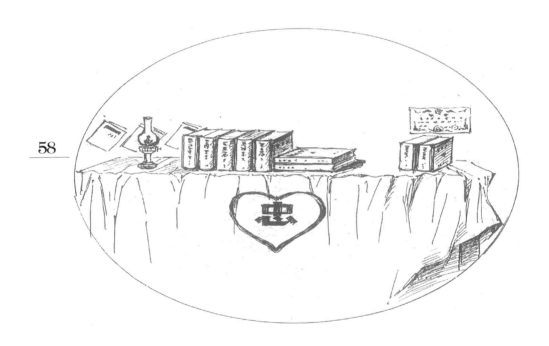

【注】:村子里,家家都用土坯在堂屋上方建宝书台,供放毛
主席塑像和毛主席著作四卷。每晚全家人在油灯下
读毛主席著作。

宝书袋

少年下地草缠锄,汗滴胸前问宝书。

下定决心难不怕,茅埂怎立志方摅。

第二部 废学

【注】:"宝书袋"即用各种颜色的胶线编成的网状袋子,只
　　能装一本毛主席语录。青少年下地劳动,都背着宝
　　书袋,累了齐声高诵:"下定决心,不怕牺牲,排除万
　　难,去争取胜利。"

南繁路上

旗书各校举中天,南北情升若火燃。

散发三篇分幅像,心升不落一轮圆。

【注】:少年时,整天站在南繁公路边,等待各校学军的大学
生赠送毛主席语录卡片和毛主席像章。"三篇"指
"为人民服务""纪念白求恩""愚公移山"。

背"老三篇"

羽扇轻摇入夜深,烛前展卷伴虫吟。

忽然残月收千树,书发光辉生赤心。

第二部 废学

【注】:晚上收工后,我不怕疲劳,和二哥躲在蚊帐中互相背诵"老三篇",然后参加生产队背诵比赛,争取被评为"活学活用毛主席著作积极分子"。

听广播

一根铁线万家牵，盒挂堂中领袖边。

早唱东方金曜日，晚听祖国史无前。

【注】：一根铁线从三千米外的家发公社广播站牵到谈家村
　　　 子里，二哥第一个安上了一个粉红色的广播。家里
　　　 每天早晚都要听"新闻和报纸摘要"及"各地广播电
　　　 台联播"节目。

烧大灶（一）

旁屋和泥砌灶台，铁锅中架两门开。

前装吊罐余烟过，水热饭香还省柴。

第二部 废学

【注】：以前家里烧的是平头灶，一烧锅，整个屋子都是柴烟，十分呛人，因此谁都不愿烧锅。家里换了新灶后，烧的柴烟直接从烟囱排到屋外，再也不呛人了。

烧大灶(二)

岁月之痕

妈系围腰提铲勺,里锅下米外锅烧。

头伸灶底帮吹火,一缕烟喷变黑猫。

【注】:"一缕烟喷变黑猫"指有时柴未干透,不能着火,要
用力吹一吹,这时火苗常突然外喷,脸还没来得及收
回就被喷成黑脸了。

烧大灶（三）

灶堂余火借风红，罐放其中黄豆炖。

鳖钓深更闻有味，一杯盐拌也香浓。

第二部 废学

【注】：大灶烧过之后，还有剩下的余火，家里人便用陶罐装
着黄豆，利用余火炖熟。

棉籽油

日食三餐菜缺油,棉花籽榨解民忧。

鲜蔬烹发青蒿气,饭炒锅中黑不溜。

【注】:生产队社员缺油吃,公社非常关心,从繁昌小洲购来
　　　棉籽油救济社员,缓解油荒。

母亲的菜园

走出厨房园地下，荷锄小草不留痕。

浇肥催发满畦绿，来日无粮作米盆。

第二部　废学

【注】：由于家里每年都要短缺两三个月的粮食，母亲千方
　　百计将菜园茬口安排好，让小菜园多产菜，以菜
　　代粮。

青菜粥

清水平锅米半升,风催红焰气云蒸。

时添白菜和茎煮,点洒油盐香外腾。

【注】:虽然家里缺粮,只能以菜代粮,但母亲善于动脑筋,
巧妙安排膳食,尤其是煮青菜粥,色、香、味皆有,晶
莹酥软,百吃不厌。

割草(一)

东方未晓下高田,踢破春风敲月弦。

惊醒南山枝上鸟,放声和唱一鞭先。

第二部 废学

【注】:春耕时节,农民起早牵牛下田,农家每个少年都右手
      捉刀,左手挎篮,鞋踏晨露,下溪边、上山林割草
      喂牛。

割草（二）

草色凝山花弄晴，早莺催唤捉刀行。

春风一夜寸新出，割尽林中喂晓耕。

【注】："喂晓耕"指农忙时，牛儿起早贪黑耕田，没有时间放山吃草，只有放牛娃割草，有时包上黄豆，送到田头喂牛。

放　鹅

高举长竿放白鹅，弯弯一路到山坡。

往来可数红霞掌，却不能吟曲项歌。

第二部 废学

【注】:清明节后,我每天早晚将母亲养的小鹅赶到地里吃
青草。

喂 鸭

小院沟边泥土肥,野花深浅蝶纷飞。

挥锄蚯蚓才翻出,扁嘴伸来一串追。

岁月之痕

【注】:蚯蚓生活在土壤中,可以作为家禽的饲料,也是鸡、
    鸭喜好的"肉类"食物。

拾 粪

背筐扛铲踏晨霜,绕过山岗又串庄。

户闭柴门闻犬吠,谁知不放一猪羊。

第二部 废学

【注】:每当冬季的早晨,我都会背着粪筐,迎着风霜,走遍周围的山岗和村口拾粪交给生产队。

打地圈

勺杆一画地生圆,硬币三枚泥下填。

日上竿头身满汗,回家不走大门前。

岁月之痕

74

【注】:有时早晨拾粪,几个伙伴来到僻静处,就地画一个
圈,各下注几枚硬币,便比赛起"打铜钞"来。

放　牛

骄阳斜过后山低,柳下宽绳牵竹西。

横背不听吹短笛,只听蝇拍落花蹄。

第二部　废学

【注】:秋闲季节,太阳刚刚西斜,在家人的催唤中,我从柳
　　　树下的池塘里牵出水牛,放牧山上,并不停地为牛拍
　　　打苍蝇。

老少放牛娃(一)

谈家山上草无色,牴角身旁听雨风。

横笛一声谁放牧,陵阳城里老顽童。

76

【注】:南陵县原县委书记范振国去谈家村放牛,一座山上
出现了老少放牛娃。

老少放牛娃(二)

一山老少放牛娃,不读书来不理家。

雁断云中空有梦,雏啼树上只当鸦。

第二部 废学

【注】:"不读书来不理家"指该读书的没有学校,该理家的
却不回家。

第一次看见手扶拖拉机犁地(一)

百亩山开白草花,巨鞭谁举种桑麻。

城来一队操机手,犁出朝阳万道霞。

【注】:南陵县分来了两台手扶拖拉机,我第一次从县城开
到谈家村耕地。

第一次看见手扶拖拉机犁地(二)

牯角猛挑牵手绳,古来叱犊现谁耕。

一鞭甩落西山日,明驾春风不入棚。

第二部 废学

【注】:"春风"指拖拉机,小时候常常想将来不放牛了,我
　　要去做个拖拉机手。

方队长

登高一哨日吹红,风振云开惊牧童。

牛放邵家先灌水,社员齐向戴星耕。

【注】:谈家冲的队长方花彬每天扛着锹,拎着闹钟,领着吹
哨员按时吹哨上工。

插秧(一)

一山一坳一分田,犁顺弯弯埂半悬。

手拨青秧飞上下,夕阳如豆点行间。

第二部 废学

【注】:春插时节,无学而上的少年在生产队也包上几分田,
      从山这边挑秧到山那边拉绳插秧。

插秧(二)

穿山布谷云啼破,溜出红霞绿揽怀。

锦绣画中谁识我,少年手下一天裁。

岁月之痕

【注】:"锦绣画"指一片白水田里栽上一行行秧,就像在一
张白纸上画了最新最美的画图。

车 水

地形如帽十三冲，顶上开塘雨接中。

禾插高田常遇旱，手摇月下日东升。

第二部 废学

【注】：谈家村由于地势高，天一晴就需要提水，而且龙骨车
一辆接一辆不分日夜提水。

割　稻

露赐微凉入梦乡,一呼催醒小儿郎。

蚊飞不怕叮红脸,频举镰刀腰炼强。

【注】:双抢时,生产队为了抢进度,劳动力被编组承包收割。少年们是割稻能手,也被分到各组。各组为了竞赛,以早歇工为荣,半夜催工下田。

耙　柴

一根扁担一张耙,横扫团山落树桠。

肩挂夕阳知几里,霜天头上月笼纱。

第二部　废学

【注】:冬季清晨,我每天带上锅巴,背着扁担、绳和耙子到
　　团山、锡伯山耙松毛。

排队买肉(一)

银湾一抹露千重,草没鞋头路探行。

摇曳光中谁步疾,邻村同买路相逢。

岁月之痕

86

【注】:六七十年代猪肉只有0.73元一斤,但要凭票供应,
　　　有了票还要起早排队,因肉源有限,吃肉的机会
　　　很少。

排队买肉(二)

天挂红霞门未开,铺前队过百家台。

操刀才卖三分一,只剩零丁让买来。

第二部 废学

【注】:"只剩零丁让买来"指卖肉师傅看我小脸黄巴巴的,
就将剩下的零碎肉块过了秤隔队甩在我的篮子里。

盼客来

妈上菜园哥扫院,妹烧茶水我搬柴。

硬糖一把塞兜里,叹息书抛智未开。

【注】:"智未开"指没有上学读书。

小客人陈旭东(一)

春回大地焕娇容,随母新年拜旧宗。

小路泥深沟水阻,不需牵抱欲腾空。

第二部 废学

【注】:1968 年春节,小旭东六岁随母亲来蓬门作客,天真
　　活泼让人记忆尤深。

小客人陈旭东(二)

蓬门扫净待儿童,一碟粗糖摆桌中。

淡水分杯皆有味,蛋蒸半碗不嫌穷。

岁月之痕

【注】:"蛋蒸半碗不嫌穷"指孩子家不知道什么是穷与富,即使是半碗蒸蛋也觉得满足。

小客人陈旭东(三)

一枚铜钞字分龙,半挂花鞭火对空。

寻乐谁知无志趣,连环画里学英雄。

第二部 废学

【注】:"一枚铜钞字分龙"是小孩子间的一种猜测游戏,幼时玩具少,这些都成为美好的记忆。

少年之梦——读《说文解字》(一)

日落山中月夜明,谁谙形象解形声。

首推许慎开经典,字释先言今晓通。

《说文解字》作者——许慎

【注】:许慎(约58年—约147年),字叔重,东汉汝南郡人,
汉代有名的经学家、文字学家、语言学家,对中国文
字学有重要影响。他在《说文解字》中系统地阐述
了汉字的造字规律。

少年之梦——读《说文解字》（二）

物生六体勤为学，望请恩师成一家。

笔举怀中空有梦，荷锄炎夏种桑麻。

第二部　废学

【注】："物生六体"指中国文字是按照万物的形状临摹，再将形与形、形与声结合从而产生的六种造字法——象形、指事、会意、形声、转注、假借。

少年之梦——读《史记》（一）

史记炎黄千万家，探寻天道走繁华。

负荆与相川容纳，各显才能国力加。

岁月之痕

【注】："探寻天道"指司马迁写《史记》的目的是"究天人之际，通古今之变，成一家之言"。"负荆与相川容纳"指"将相和"宣扬的是"海纳百川，有容乃大"。

少年之梦——读《史记》(二)

读罢史家无韵诗，一肠九曲尽皆知。

思来愤发前追记，巨著相承拜祖师。

《史记》作者——司马迁

【注】："无韵诗"指鲁迅把《史记》誉为"史家之绝唱，无韵之离骚"。"一肠九曲"指司马迁受腐刑后"以肠一日而九回，居则忽忽若有所亡，出则不知其所往"。

第二部 废学

少年之梦——读《汉书》(一)

踵继先人作汉书,尊称班马两良儒。

整齐一代分评述,功过伪真可直呼。

《汉书》作者——班固

【注】:《汉书》,又称《前汉书》,由我国东汉时期的历史学家班固编撰。"班马"即班固和司马迁。"整齐一代"指班固开创的断代史体例。

少年之梦——读《汉书》(二)

食丰货足争登市，交易千家互有无。

兴自神农扶耒耜，民生万代勿分疏。

第二部 废学

【注】:"食丰货足"指《汉书·食货志》,通过对西汉社会经济状况的考察,以"理民之道,地著为本"的思想,对西汉所施行的财政、经济措施及其得失作了探讨,在如何做到"足食、安民"的问题上提出了看法。

少年之梦——读《后汉书》(一)

挽歌听错挥长袖,怒贬宣城月伴随。

冷酒临池书后汉,万家删节一家追。

《后汉书》作者——范晔

【注】:范晔(398年—445年),字蔚宗,南朝顺阳(今河南淅川东)人。范晔后被贬官出京为宣城(今安徽宣城等地)太守,因为"左迁宣城太守,不得志,乃删众家《后汉书》为一家之作",开始撰写《后汉书》。

少年之梦——读《后汉书》(二)

鉴往女中寻卓识,收编汉史显兴家。

择邻为学心良苦,慈母三迁万代夸。

第二部 废学

【注】:范晔在西汉刘向的启发下,在《后汉书》中为通才卓
识、奇节异才的女子增写《列女传》,是第一位在纪
传体史书中专为妇女作传的史学家。"慈母三迁"
即"孟母三迁",是《列女传》中对后世影响很大的一
篇故事。

少年之梦——读《资治通鉴》(一)

前路迷茫谁主张,兴衰有史勿彷徨。

一生致力挥鸿笔,卷记分明鉴有良。

岁月之痕

《资治通鉴》作者——司马光

【注】:司马光(1019 年—1086 年),北宋时期著名政治家、
史学家、文学家,主持编撰了 294 卷共 300 万字的编
年体史书《资治通鉴》。

少年之梦——读《资治通鉴》(二)

撰编年史成通鉴,天地之间岂可无。

君阅从中寻治道,为人读后不虚浮。

第二部 废学

【注】:宋末元初胡三省评价《资治通鉴》:"为人君而不知
《通鉴》,则欲治而不知自治之源,恶乱而不知防乱
之术。为人臣而不知《通鉴》,则上无以事君,下无
以治民。为人子而不知《通鉴》,则谋身必至于辱
先,作事不足以垂后。"

少年之梦——读《昭明文选》(一)

编选秦梁八百年,诗文总集一千篇。

沉思于事辞华茂,并驾春秋不落帆。

岁月之痕

【注】:《昭明文选》是中国现存最早的一部汉族诗文总集,因是梁代昭明太子萧统(501 年—531 年)主持编选的,故称《昭明文选》。文选的标准是"事出于沉思,义归乎翰藻",即情义与辞采内外并茂,偏于一面则不收。"春秋"指《五经》之一的《春秋》。

少年之梦——读《昭明文选》(二)

翻开文选短歌吟,天下贤求见识真。

若是当年山上鹊,依枝抱月蜀无分。

曹操

第二部 废学

【注】:"短歌"指曹操的《短歌行》。"蜀无"即蜀吴。

少年之梦——读《古文辞类纂》(一)

古文辞纂十三类,唐宋八家作主流。

豪放行间兼婉约,桐城一祖世名留。

【注】:《古文辞类纂》是清代姚鼐编的各类文章总集,依文
　　体分为十三类,所选文章均以历代名家名篇为主。

少年之梦——读《古文辞类纂》(二)

诗人扶耒种田园,柳下斟茶伴菊闲。

曾济苍生怀猛志,超然性本爱丘山。

第二部 废学

【注】:"诗人"指陶渊明,他少年时期有"猛志逸四海,骞翮思远翥"的大志,后辞官归里,过着"躬耕自资"的生活。因其居住地门前栽种有五棵柳树,故被人称为"五柳先生"。

少年之梦——读《唐诗宋词》

唐宋诗词灿若星，夜程点亮画中行。

忽然风卷飞云急，深锁银河待启明。

【注】："唐诗宋词"堪称中国诗歌史上的两座高峰。两者
互为承启，文相辉映，颇能体现中国古典文学创作史
上唐宋这一时期的绚丽灿烂。

学先贤

仰望书山脚下勤,登攀前景尽收心。

人都几缕寒云过,原学先贤志立今。

第二部 废学

【注】:"先贤"指有才德的人,我们应该了解他们的成长足
    迹、奋斗历程和光辉业绩。

惜少时

滚滚长江浪卷前,东流大海不回还。

花开艳丽有凋日,人若蹉跎再少难。

【注】:"蹉跎"指时光流逝而无所作为,多有悔恨惋惜
　　　之意。

第三部

寻　学

找学校

日日思师堂上读,校园花落尽余哀。

空无桌凳捡砖坐,报纸一张当教材。

第三部 寻学

【注】:1968 年秋,我们正是读书的年龄,却找不到学校。
盛桥小学原来是一座花园式学校,但经过一场暴风
雨之后,花木凋零,桌凳被洗劫一空。

姚校长

千枝花朵草中开,万里春风雨望来。

洗净人间乌瘴气,园丁好让剪新栽。

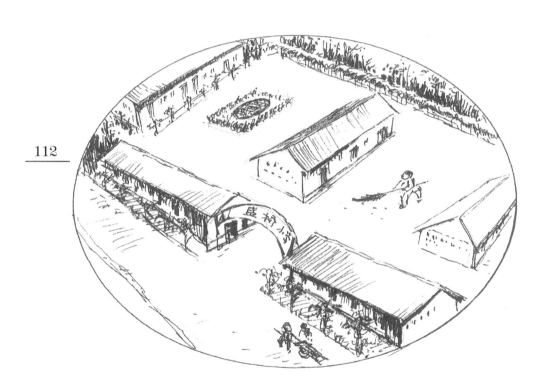

【注】:盛桥小学姚尚忠校长看着无桌无凳无老师的学生一脸愁容。

黄延满老师(一)

时艰勇赴握钢枪,脱下军装上课堂。

笔举空中心气冷,齐眉不懂角边长。

第三部 寻学

【注】:1968年黄延满老师由部队转业到盛桥小学,第一次
　　走上讲台,耐心教导已失学近三年的少年。

黄延满老师(二)

秋枫一夜染霜红,影照清波鱼雁惊。

摘片手中延线折,几何对称美无穷。

【注】:黄延满老师从部队回到地方,拿起粉笔走上讲坛,后又因工作的需要调任南陵县家发镇党委书记、南陵县纪委书记。

上农校

茨山庵毁莲花界,赶走尼僧收学生。

不念经书田字识,粮无校有自春耕。

第三部 寻学

【注】:1970年,家发农业中学迁至茨山庵,校长叶玉庭、教师钟卫华走家串户动员少年入学,鼓励大家利用半读半耕解决家庭生活困难。

哀　思

落叶辞枝情别苦，无亲无着独飘零。

荷锄伴读庙堂上，字识斗筐来告灵。

【注】：父亲病逝，母亲拉扯着一群孩子，让我上茨山庙堂半
农半读。

吴农师

犁云耙雨一身泥，赤脚堂前讲课题。

子撒清明禾插夏，精耕细作穗沉低。

第三部　寻学

【注】：农校有十亩田，聘请了一位农师管理并指导学生
生产。

学犁田

一层绿意一层花，一片蛙声一片霞。

把手扶犁牵左右，田园勤学种桑麻。

【注】：红花草遍布田野，蛙声阵阵，正是春耕生产时节。吴
　　　农师带着学生牵着牛扛着犁走进田间，教学生犁田。
　　　"左右"指控制牛的方向。

学栽秧

高塘横翠岸花香,布谷声催早插忙。

师站田中秧举手,躬身眼望竖斜行。

第三部 寻学

【注】:春插时节,吴农师将学生带到茨山高瓜塘下田,手把
手地教栽秧。

学耘田

分秧千亩尚成行,稗子乔装卧底藏。

手执耘耙睁慧眼,根除独让稻花香。

【注】:"稗子"是一种一年生草本植物,稗子和稻子外形极为相似,但叶片毛涩,颜色较浅。稗子与稻子共同吸收稻田里的养份,因此稗子是稻田里的恶性杂草。

农校收割

吟云嘶月穗催黄，少女飞镰试比强。

大桶谁抬围四角，如雷一唤稻收场。

【注】：早稻收割时，女生要与男生通力合作。男生抬大箩
　　　斛到田中，女生分别站在四角挥禾脱粒。

语文课(一)——狼

流传天下性贪婪，一副心肠更毒残。

夜出深山听鬼唤，声名暗借造多端。

【注】：1970年夏，家发农中撤消，学生并入家发中学，肖老师上的第一节语文课是《狼》。

语文课(二)——狗

一生忠厚保家安,难忍饥荒食错餐。

乱作文章名谤毁,任人妄比系栏杆。

【注】:"难忍饥荒食错餐"指在人类还没有解决温饱问题之前,狗为了生存只能食用一些垃圾。

作文课

青山鸟跃笛声横，禾插田园身半倾。

画入心中情满溢，文章笔下自生成。

【注】：中学时，大家写作文开头千篇一律"东风万里红旗飘，国内形势一派大好"，接下来在报纸上东抄一段，西抄一段……蒋长根老师的作文辅导让学生有所领悟。

共产党像太阳

党若高阳照万家,光前绝后物芳华。

情形两似较相比,一代心生不落霞。

第三部 寻学

【注】:语文知识课,蒋长根老师教授比喻修辞,第一个便举
例"共产党像太阳,照到哪里哪里亮。"学生易懂、易
掌握。

孔子像（一）

温故知新时以习，择其善者必从之。

言存论语蒙童学，万代推崇封祖师。

【注】：孔子（前551年—前479年），名丘，字仲尼，春秋时期鲁国陬邑（今山东曲阜）人。中国著名的思想家、教育家、政治家。孔子开创了私人讲学的风气，亦是儒家学派的创始人。

孔子像(二)

周游列国难经磨,仁政千寻心志蹉。

墨洒春秋编本末,准绳万世莫横戈。

第三部 寻学

【注】:"春秋"即《春秋经》,又称《麟经》或《麟史》,中国古代
　　　儒家典籍"六经"之一,是第一部华夏民族编年史兼
　　　历史散文集。作为鲁国的编年史,由孔子修订而成。

孔子像(三)

一代宗师悲九天,千年掘墓骂狂癫。

大成儒集任评说,谁信荒唐几苟延。

【注】:孔子在古代就被尊奉为"天纵之圣""天之木铎",是当时社会上的最博学者之一,被后世统治者尊为"万世师表"。他的儒家思想对中国和世界都有深远的影响,更被列为"世界十大文化名人"之首。

标点符号

一池墨泼百川流,横石高吟竹劲秋。

顿挫悠扬诗境远,音辞整饰点中投。

第三部　寻学

【注】:"点"指标点符号。

写错别字(一)

占卜玄机残骨画,方圆笔法象形图。

万年古字磨穿砚,精炼成书任所需。

【注】:新学年开始,班干换届。有的同学提出姜遥同学不能再当班长了,因为蒋长根老师讲错别字时,经常拿他的作文做范本。

写错别字(二)

一字交横条线美,形声假借意深含。

手书不错端方正,墨取江河笔吮干。

第三部 寻学

【注】:上学的时候,老师不仅教我们识字、写字,还端正我
们写字的姿势,纠正我们的错字。

屈原的争论(一)

治乱于争一梦求,贤能荐举法明修,

莫邪为钝铅刀利,无所分时江洗忧。

【注】:戴光磊老师上历史课,讲到屈原是伟大的爱国诗人,
引起了学生的讨论。大家纷纷提出自己的看法,课
堂气氛十分活跃。

屈原的争论（二）

行吟泽畔仰天问，谁续招魂作九歌。

夹岸彩旗听社鼓，龙舟竞渡楚中佗。

第三部 寻学

【注】："九歌""招魂"及"天问"实指屈原的三部作品《九歌》
《招魂》及《天问》。

屈原的争论(三)

荒唐岁月荒唐论,屈子偏怜独楚天。

经史浅知休执笔,枉抛朱墨假称贤。

岁月之痕

134

【注】:屈原(前 340 年—前 278 年),战国时期楚国人,出生
于楚国丹阳(今湖北宜昌市境内),是中国最早的浪
漫主义诗人。他的出现,标志着中国诗歌进入了一
个由集体歌唱到个人独唱的新时代。

学 工

机工书学须行践，走进车间开刨床。

轮轴圆何师手过，精量细测好耕桑。

135

第三部 寻学

【注】：六七十年代的学生不但学习文化知识，还兼学别样。
即不但学文，也要学工、学农、学军，家发中学就组织
学生到芜湖拖拉机厂学工。

学　军

红旗漫卷戴公山，号角冲天西入关。

疑是烽烟林后起，校园走出学军攀。

岁月之痕

【注】：家发中学积极响应号召带领学生学军，让学生背上
　　　"行军"行李拉练，经过了戴公山、桂山、绿岭、三里、
　　　峨领，一个星期后回到学校。

忆苦(一)

骨瘦绳缠破袄筒,草鞋雪下踩寒风。

肩挑百担塘中土,一碗稀粥盐泡葱。

第三部 寻学

【注】:学校放暑假,要求学生参加生产队"忆苦思甜"活动,接受"不忘阶级苦,牢记血泪仇"的教育。老雇农麻大爷泣不成声的讲述,令听者泪水涟涟。

忆苦(二)

依坡茅宅断开墙,雪拥蓬门草裹装。

夜醒怀儿频唤冷,已飞一屋湿蒿床。

【注】:这首诗描述的是麻大爷回忆新中国成立前穷苦日子的情景。

思　甜

新建茅棚泥抹光，龙文凤彩嵌高床。

闲听一响机三转，灯下思甜诉国昌。

第三部　寻学

【注】："一响"指收音机，"三转"指缝纫机、自行车和手表。

怀念张宗锵校长（一）

寒窗灯照光明彻，重授春秋入夜更。

难忘兴风吹冷面，下乡夫子一心倾。

【注】：1972年，张宗锵校长从芜湖八中下放到南陵家发中学，正逢教育整顿，他如释重负，狠抓教育教学。

怀念张宗锵校长(二)

马列书横笔一枝,究真探理写心知。

前班尔接传信仰,万物生来质把持。

【注】:"质把持"指解决一切事物要抓住它的主要矛盾,这
　　　是马克思主义哲学原理。

怀念张宗锵校长（三）

负书课读三冬足，一卷铺开测试才。

莫向潮流抛岁月，乱涂反面国生哀。

【注】："反面"指试卷的反面。张铁生高考时，在试卷的反面给"尊敬的领导"写了一封信，信中他说自己因不忍心放弃集体生产而导致文化成绩不理想。事件被报导后，引起极大反响，张铁生被称为"白卷英雄"。

高中毕业

少年收笔顿生愁，心事怎拿云外头？

三绝韦编才半绝，村回广大赶风流。

第三部 寻学

【注】：高中毕业后，为响应党的号召，很多青年学生都回到了农村这个广阔的天地。

毕业恋

共读情生两少年，披霜伴月坐林边。

静无万哗听心语，待到花开流水前。

144

【注】：在 1974 年，学校是春季入学，冬季毕业。

照黄鳝

天高山外一沟沉，火举埂边田照新。

光借洞前寻美食，谁知背后又藏人。

第三部 寻学

【注】："照黄鳝"是用铁丝扎着棉絮绕在木棒上，蘸上柴油
点燃后，可以照亮田间来找黄鳝。

钓　鳖

日下工收穿钓钩，柳塘垂放勿惊鸥。

草堆场上依星睡，待到天明任点收。

【注】："鳖"俗称甲鱼、水鱼、团鱼等，卵生爬行动物，水陆两
栖生活。鳖不仅肉味鲜美、营养丰富，还是一种用途
很广的滋补药品。我们那儿的大塘小坝正是它们生
长活跃的地方。

办夜校

日吻西山一片红，春风唤出放牛童。

铧犁肩下又开本，队屋声声念愚公。

【注】："愚公"指毛泽东致七大闭幕词《愚公移山》。

夜校学字

笔杆手握重如锄,灯下耕耘气大呼。

一字平端腔调正,星星揉眼笑髯奴。

【注】:学校毕业回到生产队,发现生产队里大部分青年仍
不识字。学校就利用队屋办起了夜校,帮他们脱离
文盲。

无名英雄(一)

残云缝里俯身看，谁向田间挥舞镰。

一阵风开人照月，汗收麦陇向村南。

149

第三部 寻学

【注】：生产队青少年在夜校认真学习毛主席著作，农忙时
节争做无名英雄，夜间下田割麦割油菜。

无名英雄(二)

谈家村里燕低飞,欲剪金黄补翠帏。

谁舞镰刀先占色,月斜竹下问春梅。

【注】:第一天收割油菜,生产队长忙不过来。第二天,田里的油菜就被"无名英雄"收割好了。

无名英雄(三)

公田麦滚三重浪，镰带月归人手忙。

集体心关倾尽力，不图酬报不名扬。

第三部 寻学

【注】：虽然是"无名英雄"，但第二天早上生产队表扬栏里
还是挂出了许多"无名英雄"的名字。

桂花(一)

一树风摇万点黄,丹青叶下散天香。

花枝欲向怀中折,生怕他人笑路旁。

岁月之痕

【注】:花前月下,遇到了心仪的姑娘,但因为是农家孩子,
羞涩腼腆,不敢表白。

桂花(二)

仰问枝开何处香,大江东去费思量。

谁怜君为黄花瘦,梦到重阳再梦霜。

【注】:聊天时问姑娘,你最爱的人是谁?姑娘回答:"工人和军人,否则可不行。"

153

第三部 寻学

桂花(三)

冷月枝头笑我痴,尘埃未改莫相思。

挑灯夜读炎寒过,自有黄花待嫁时。

【注】:"尘埃未改"指虽然离开农村,但仍不忘本。

狗尾巴草(一)

春风催发地边生,雨捧泥沙根护平。

抓把银河清玉液,洒飞晓色入帘青。

155

第三部 寻学

【注】:"狗尾巴草",别名狗尾草,属禾本科,一年生草本
植物。

狗尾巴草(二)

山举石刀划破天,风吼雨卷瘦枝悬。

谁愁溅落泥沙没,一寸又生红日边。

【注】:狗尾巴草适生性强,耐旱耐贫瘠,酸性或碱性土壤均可生长,常见于农田、路边和荒地。

狗尾巴草(三)

山光一片秋风劲,白做歌台展秀姿。

雀弄夕阳牵晓月,同声高唱任人讥。

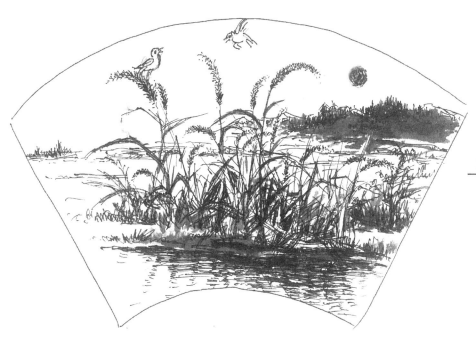

第三部 寻学

【注】:传说仙女下凡,从天上带下来自己的爱犬。后来仙
女在人间和一位书生相恋,却遭到王母娘娘的阻挠。
仙女为了和书生在一起,不惜反抗王母娘娘。在对
抗的最后时刻,仙女的爱犬为了主人不惜舍弃自己
的性命。爱犬死后化作了狗尾巴草,世世代代,象征
着对爱情的见证。

中国梦（一）

长河九万六千山，日出云开更好看。

移画书留中国梦，师传每代责肩担。

岁月之痕

【注】：教师的梦想就是把这960万平方千米的美丽中国，
移画到学生的心中。

中国梦(二)

三尺讲台天地大,神州一笔抱胸怀。

俯听铁马声犹在,不忘尚思多育才。

奔梦路上
满眼春光

第三部 寻学

【注】:"中国梦"被定义为"实现中华民族伟大复兴,就是中华民族近代以来最伟大梦想",我们坚信这个梦"一定能实现"。

跋　　识

岁月之痕

　　去年,怡中君示其书稿《岁月之痕》,我即为其特色而眼界大开。今该书付梓之际,复以定稿送阅且索跋,故仔细研读,更为其精神而诗气大振。兹不揣冒昧,就其荦荦大者,列举形式和内容、诗人并历史、精神及意义数端进一步介绍,以期中华传统诗词文化得以进一步推广。

　　一、从形式和内容方面来看,《岁月之痕》一诗一图,诗图并茂,相得益彰,且浅语有味,淡语有致,此乃一大特色。诗家多以绝句为最难,该书一百五十多首诗皆为七绝,每一诗作短短二十八个字,惜墨如金,实属不易。诗人根据所要表达内容的需要,以其口头语,道其眼前景,而有弦外音,且得个中味,令人神远,非技道两进难若此。譬如《大塘》诗云:"一鉴天开云底过,柳边几只鸭追蛙。红鱼鳍展比飞雁,岸立两三垂钓娃。"再如《运河泥》诗云:"一辆平车两背绳,河泥拖运进南陵。儿披星月父披汗,犬吠蓬门踩响冰。"其他诗句又如"戴公山口啃骄阳""连环画里学英雄""空无桌凳捡砖坐,报纸一张当教材"等。

　　二、从诗人对历史感受来看,正如诗人自己《题〈岁月之痕〉》所云:"岁月之痕刻入诗,汇编为史可明知。"为了将半个世纪前那段历史向后人真实再现,该书的诗作都附有注,每每读着这样的诗作及注,总能感受到诗人对岁月亦即历史的一种特殊和敏锐的感受。就其诗人对历史而言,这是一种积极的、纯真的感受;就其作者与读者而言,则是一种精神上的正能量的感应。此乃该书又一特色。例如,通过《上学》备注所云,我们可以知道在60年代初,作者所在的乡村还没有学校,适龄孩子无法入学,后经人介绍从江苏请来一位先生才把学校办了起来。于是,作者在诗中记下自己上学的那段历史的真实感受:前两句交代背景和事实,接着笔锋一转写母亲"缝只书包装个愿",最后一句写道:"笔提能写大神州。"这既是母亲装进书包的对儿子的愿望,也是作者装进自己心中的愿望。再如《儿童节》一诗,记录了作者加入少年先锋队的感受。大凡作者笔下的历史,都是作者个人心中的历史,富有感性的诗人更是如此。

三、从精神及意义所在来看,作者亦着墨颇多。古人有云:"道之所在,师之所在也"。怡中君是语文教师,具备深厚的语言文字功底,所以他的新著能够巧妙抓住特定的年代,分"从学""废学""寻学"三部,用诗人的语言来刻画一道深深的少年岁月之痕。其实,这也是在给我们讲述一个完整的少年求学之梦,足以表明怡中君用心良苦,精神可嘉,意义可贵。此乃该书最大特色。该书精神及意义所在,仅从诗题便可看出,如"从学"之《上学》《早读》《晚习》《王二小》《小兵张嘎》《读〈三字经〉》等,"废学"之《宝书台》《背〈老三篇〉》《少年之梦》系列等,"寻学"之《找学校》《吴农师》《学工》《学军》《思甜》《办夜校》等。可见怡中君的《岁月之痕》,立意好,选题好,积作者数十年教学与管理之经验写成,是一本很好的中小学生补充阅读材料。

诚然,该书无论诗作还是画作仍有着许多不尽如人意的地方,但这并不影响我们对这本书所富特色的认识,尤其是精神及意义上的认识。中国诗学本来就是一种综合着生命体验、文化底蕴、感悟思维和审美魅力的多维的诗学,真正意义上的诗人就应该能从多维的角度彰显诗的生命力。唯如此,诗,永远年轻;诗人,永远年轻。

全书读后,不能已于言者甚多,谨识如上,是为跋。

芜湖诗词学会常务副会长　张双柱

乙未羊年元旦于退巢

161

跋识